クレヨンしんちゃん

臼井儀人

Volume 23

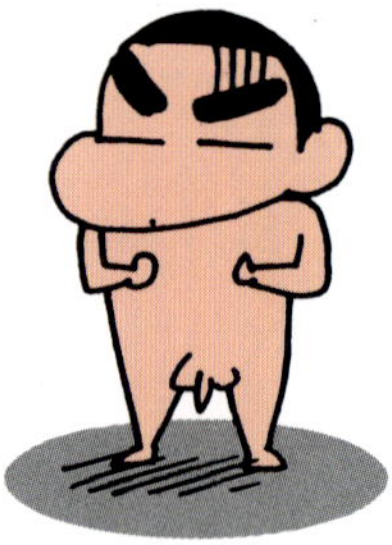

ザ・ボディガード
野原刑事の事件簿
すや
す
キャアアアッ
レミ
だだだだ
ばっ
だいじょぶっスか？レミちゃん
や　やられた…
ずでででっ

かすかべ警察署
三郷芸能プロ副社長の八潮といいます
でウチのしんのすけ…いや署長に何のご用ですか？
しんのすけさんにウチの超人気タレント国民的アイドル三郷レミ(15)のボディガードになっていただきたい!!
警察署長が個人のボディガードなんてできませんよ
米国大統領を暗殺者から守ったという実績を見込んでぜひお願いしたい!!
ぜったいダメです
オラ めんどくさい
時給10万円!! 松たか子や斎藤陽子に会える!!
やらせましょう!!
やりましょう!!
野原くん
三郷邸
結局 異例ではあるがしんのすけと姫宮京香刑事が任務についた
レミの母親そして三郷芸能プロ社長の三郷シドです
おばあちゃんはもしかしてファソラという名前では？
だまっとれ
レミに対するいやがらせは三ヵ月ほど前から始まりました
いやがらせ？例えば無言電話とか…？
『無言FAX』です
それからこれも…
手紙…脅迫状？
『気になる手紙』なのです
明日の3時に
3時になんなんだ？確かに気になる
もう一通あります

だから問題はなんだよ
あーイライラする 気になる
クイズです 次の3つのうち 正解はどれでしょう? ①まぐろ ②かつお ③ハマチ
レミはこれが気になってしばらく眠れませんでした
その後さらにいやがらせはエスカレートしてゆきました
ウチは読売新聞を取っているのですが
読売新聞
犯人は毎日コボちゃんの4コマめだけを切り取っていくんです!!
あーーっ 4コマめが見たい〜っ 気になるぅ
コボちゃん
マンガ家
そしてとうとうゆうべはレミの部屋に侵入し レミの顔に洗たくバサミをはさんでいったのです!!
バカバカしくなってきた
どう思います? 署長
ウーーム
確かに美人だけど男で苦労するタイプだね
私のことどう思うかじゃなくて犯人のことどう思うか聞いてんだよ!!
犯人とはまだ会ったことないから 結婚とか考える段階じゃないと思うし…
とにかくしばらくようす見ましょう
おねがいします
八潮 きょうのスケジュールは?
あ レミちゃん紹介するよ きょうから君のボディガードをしていただくしんのすけさんと京香さんだ
ボディガードなら野田くんがいるじゃん
オレがいればレミちゃんには何人たりとも近づかせねえさ
ほほう ズルズルソックスですな
ひっぱるなよ
うっ なんてすばやいヤツ
こんなやつらクビにしてよ
チョームカつく
うわさどおりのわがまま娘 こりゃつかれそう…

今夜 渋谷で
新曲発表ライブがあります
それ中止しましょ きのうのきょうだし…
ママ… 私のこと心配して…
なにせレミは大切な商品ですからね
ライブぐらい中止でもいいわ 来週のドーム・コンサートはぜったい中止できないけど
商品…
ライブやるわ!! きのうのことなんか平気よ
………
三郷レミ 新曲発表ライブ
みんな集まってくれてありがとう!! 私の新曲『バナナ・ロマンス』きいてね!!
ワー
うおーっ
レミちゃん
バナナは腐る寸前がおいしいよね〜っ
不審人物がいたら すぐいくわよ
あんたのさしずは受けねえ
昔の子供は喜んでバナナ食べたのに 今の子はさっぱりだよね
はっ だれかステージに!!
なにっ!?
イエイ ぜいたくな日本の子供 バナナロマンス〜
おのれが不審人物になってどーすんじゃい!!
ずでで
野田
オレもレミちゃんの近くに寄りてえよ
うおーっ
オレも
オレも
キャアア
うんちおパンツ攻撃!!
さ このスキに!!
さーっ
ぶんぶんぶん
野田
実は これレミちゃんのうんちおパンツだぞ——っ!!
うおーっ
オレのもんだ
ち ちがう あたしゃちゃんとふけてるっちゅーねん!!
いーから
野田

ブロロロロン
なんてマナーの悪い客だ!!ステージに上がってくるなんて
おのれのせいだろが
しばらく仕事は休んだ方がいいね あんたのママも心配してるし
心配？ ふ あの女は私を商品としてしか見てないのよ 私がお金をかせぐ金の玉子だから心配してるのよ
金の玉？
話に加わらんでいい
私が3つの時 ママは離婚した その後 私を芸能界に入れ 以後 子役タレントとして私を働かせつづけたのよ
今はママの言いなり だけど いずれ独立して ママを見返してやるわ
かわいそうな子
ほーれ つぶれた いなりずし
どうしようもない子
オラも むきた〜い
だいじょぶ？ 手ェ切らないでよ
ばんっ
はあ はあ
てめえら よくも オレをコケにしやがって
ぶっとばしてやる!!

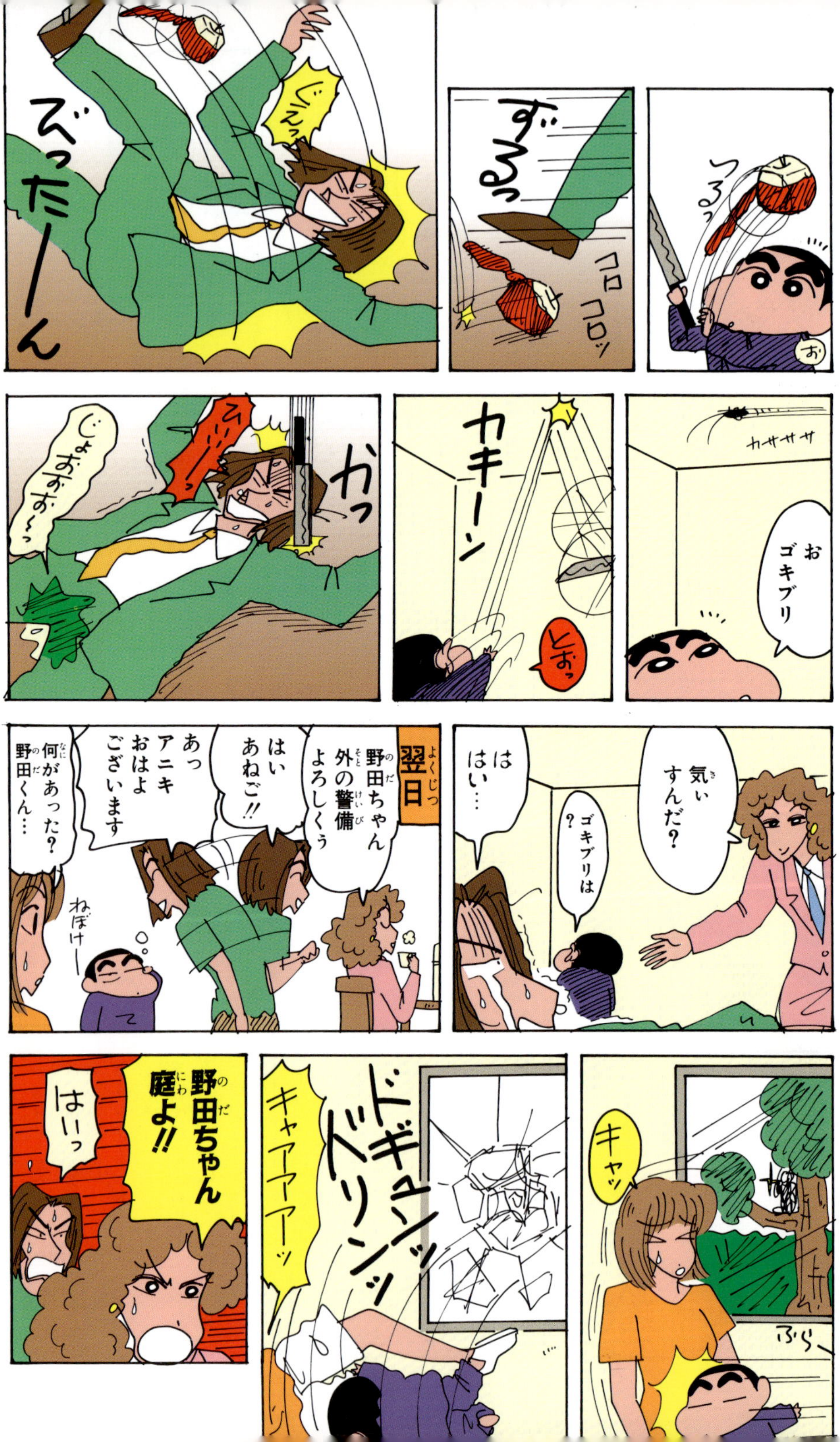
つるっ
お
ずるっ
コロ
コロッ
ぐえっ
べったーん
カサササ
お
ゴキブリ
カキーン
とおっ
かっ
ひいーっ
じょおおお〜っ
気ぃ
すんだ?
ゴキブリは?
は
はい…
翌日
野田ちゃん
外の警備
よろしくぅ
はい
あねご!!
あっ
アニキ
おはよ
ございます
ねぼけー
何があった?
野田くん…
キャッ
ぶら〜
ドギュンッ
ドリンッ
キャアアアーッ
野田ちゃん
庭よ!!
はいっ

しんのすけがぶつかってこなければ死んでたわ
事前に察知したんだ!!やはりすごい人だ!!
グーゼンとしか思えないけど…
すや
……
すでにだれもいなかったっス
いよいよ来たか
す
うにょ～
何すんじゃい
パ
あれ?レミちゃんじゃない…
御用だ!!変態ヤローッ
3ヵ月前 ボクはTV局から出てきたレミちゃんにサインをもらおうとしたんですが冷たく断わられたのでその腹いせにいやがらせを始めました
きょうライフルで狙ったのもあんた?
いいえ そんなことはしてません
とぼけんなこのヤロー
はっ ま まさかあの人が…
何?話してごらん

え――
それは 先週の 夜のことで ございましてな
テケテンテン テンテケ テレスケ テンテン♪
…
調子にのんなよ
チャッ
はい…
先週の夜 ボクは サイフをひろいました
数メートル先を 男の人が歩いていたので…
おたくの ですか？
あ 確かに 私のです
ありがとう ございました 何か お礼したいのですが なんでも おっしゃって下さい
ボクは ほんのジョーダンの つもりで…
じゃ 三郷レミを 暗殺して 下さい
なんちゃって
そしたら その男は…
わかり ました
にや
どんな 人相？
特徴の多い くどい顔を してました ラベンダー色の スーツを着て…
ラベンダー色の…!? そいつ もしかして 律義な殺し屋 ラベンダー増尾!!
受けた恩義は ぜったいわすれず たのまれた仕事は律義に やりとげる!! ラベンダーのスーツを着 ラベンダーのビキニパンツをはく くどい顔の恐しい殺し屋
ラベンダー増尾!!

ああっ ボクは なんてことを してしまったん だーーーっ
てめえも 明日の ドーム・ コンサートで レミちゃんを 守れ!! 命にかえても!!
はい!! ボク 生まれ 変わり ます!!
じゃ コレ
洗たくバサミ
へへへ〜苦しめ〜 サインして くれなかった 罰だ〜〜〜
ちっとも 生まれ 変わって ねえだろが
三郷レミ コンサートツアー'97
じゃ 次は 『マスカット・ キッス』 聴いて 下さい!!
うおーーっ
やつは必ず ラベンダーの スーツを着てる!! 客をひとりひとり さがすのよ!!
はいっ
ねえ フーセン ふくらまして
あっち 行っとれ
ふん いーもん 自分で やるもん
せっかく 入口で 配ってた フーセンなのに
三郷レミ
ぷ
マスカットは うすみどり色の 欧州原産の ぶどうなのよ〜っ
ビール いかが ですか?
くそー 早く 犯人つかまえて ビールのみてえな
『でも私の彼は 巨峰が大好き ぶどうの正しい 食べ方も 知らないくせに〜っ』
おかしいわね コンサート中 ビールの販売する?
いやよ いやいや ノンノノン マスカット キッス♪
ワー
ワー
ビール

あいつだ!!
ユニホームの下にラベンダースーツ発見!!
ビール注ぎ機に見せかけたけん銃も!!
ぷー
レミを守れ!!
どんっ
おわっ
プシュウウウ
ウッ
シュウウウゥ
ぺた
ドギュン
ぐわっ
ママ!!
ドギューン
くくそフーセンさえ飛んでこなければ命中したのに…
ドギューン
ママ!! ママ!! 死なないで
だいじょぶよ もう あなたはママがいなくてもやっていけるわ
ゴメンね 今まで母親らしいこと何ひとつ…
ゴホッ
社長 防弾チョッキ着てたんでしょ?
あ そうだったわ
ずでっ
ひょい
翌日
キュウイイーン
しばらく休業して母子水いらずで旅行するんだってさ
ほう
待って!!
あ～あ
ずでっ
最後のお別れのキスを!!
じゃ そーゆーことで

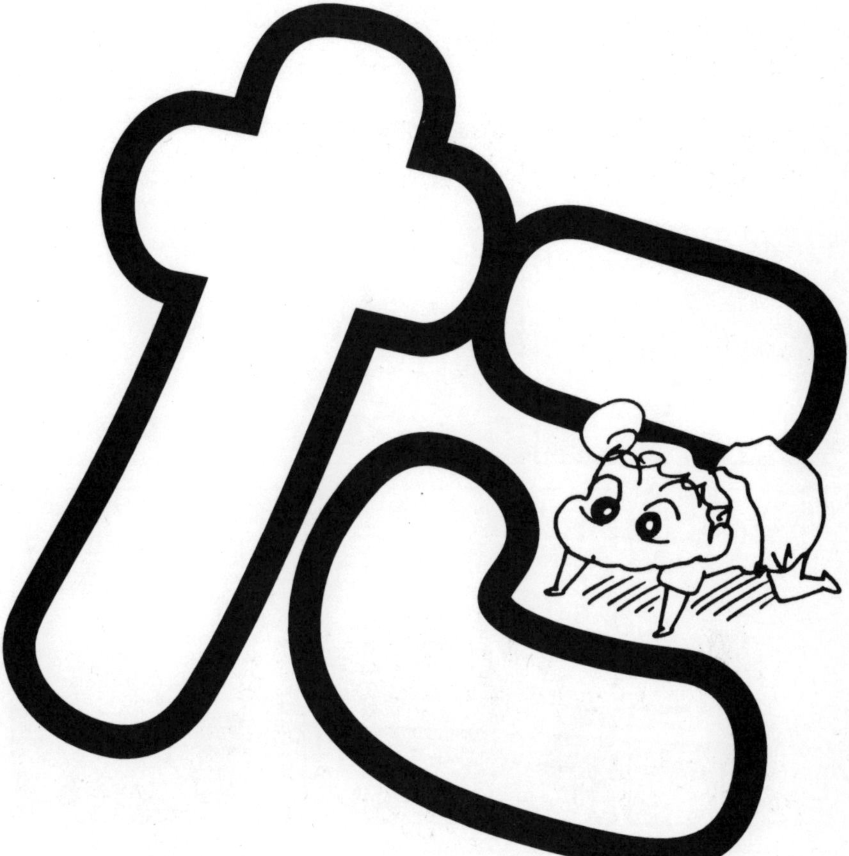
た

またまたオラとかあちゃんの激しいバトルが始まるゾ編

またまた オラとかあちゃんの 激しいバトルが始まるゾ編

その1

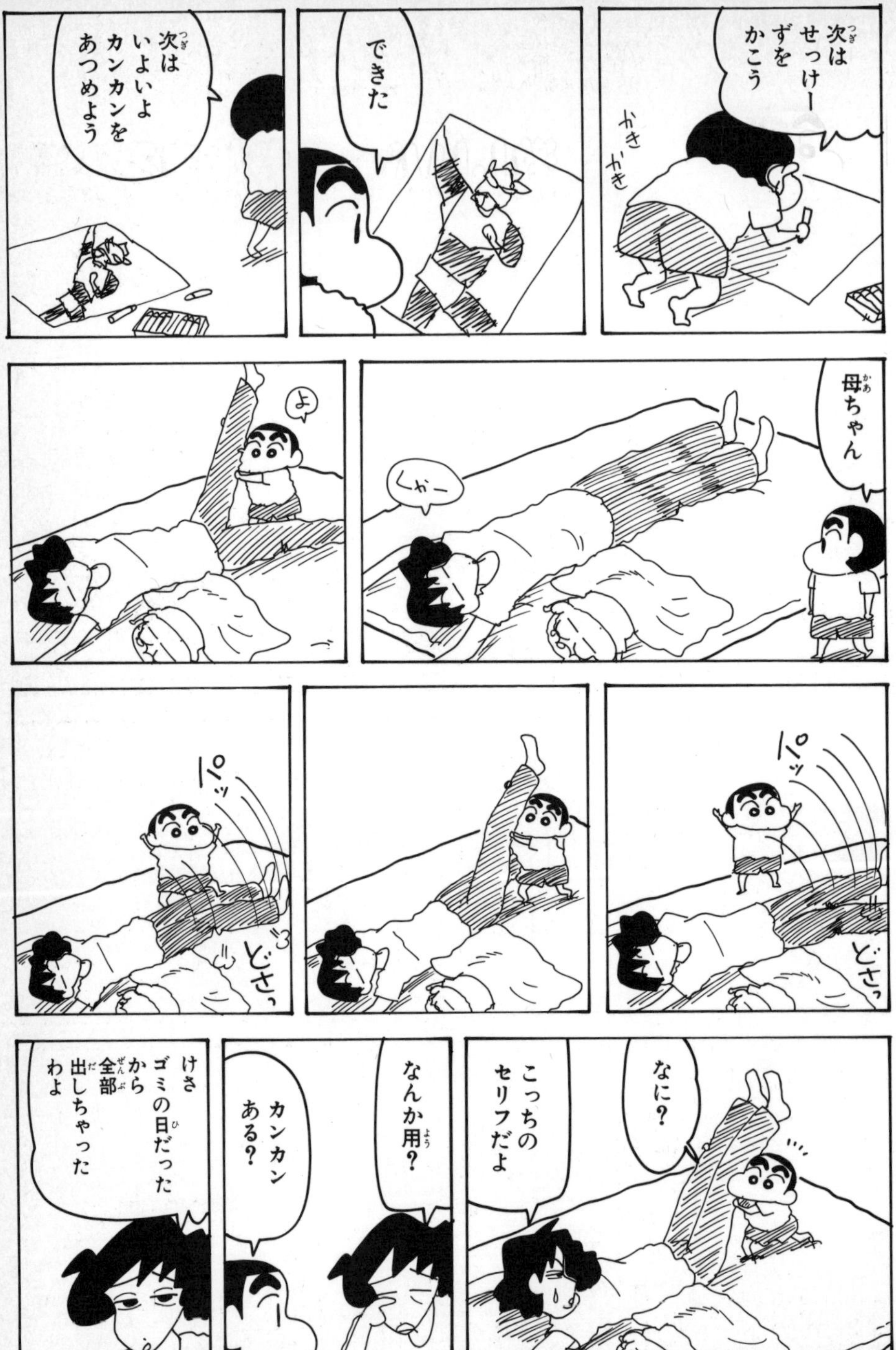
次はせっけーずをかこう
かきかき
できた
次はいよいよカンカンをあつめよう
母ちゃん
ぐかー
よ
パッ
どさっ
パッ
どさっ
なに?
こっちのセリフだよ
なんか用?
カンカンある?
けさゴミの日だったから全部出しちゃったわよ

あ ちょっと まって
たたたた
もっかい 今のセリフ 言って
たたたた
?
けさ ゴミの日で あき缶は 全部 出しちゃった
えーーっ
ショックうう
ガシャンッ
ほんとに ショック なんかい
ぐびぐびぐび
ビール
プハーッ
あき缶
ビール
にや
夜
ただいまァ
おかえり なさいませ
熱でも あんのか?
おふろにしますか? ごはんにしますか?
きょ きょうは ふろはいいや
どっか ぶつけたのか?
ただいま おビールを もってきます!!
あ きょうは 飲まないから いいや
ダッ
い 今 なんと?
ここんとこ 飲みすぎてたから きょうは休肝日で ビールは いらない

しんのすけの今の心理状態
ラララ〜ン♪
ななこおねいさんち
ドッボーン
うそ――っ!?
ななこおねいさ
でぃーぷいんぱくと〜
こんな気持ちじゃねむれない
たぁ?
一分後
ぐがー
翌日
カランコロン
ひょい
ひょい
パッ
ずっしり
ありがとうぼうやも手伝ってくれたのかい?
このあき缶はこっちで処分しとくよ
ごほうびだよ
○○町クリーン大作戦
クリーン大作戦
16茶
ちゅー
キーコ
キーコ

またまた オラとかあちゃんの
激しいバトルが始まるゾ編
その2
高速回転寿司
しかま
ぐるる
おなかすいた
もう お昼か
じゃ 家帰って 残り物ランチ食べようね
やだ 回転ずしがいい 回転ずしー
ぐるぐるぐる
わがまま言うと ディープキスしちゃうわよ
ぶちゅーって
うっ…
しゅん
しょうがないわかったわよ きょうはよく お手伝いしてくれてるから 特別ごほうび 回転ずし行こ!!
ぬおお～ん
母ちゃんて 藤原紀香に うなじがそっくりだね
中途ハンパな おせじ ありがとよ

さ 回転ずし 行こーーっ
わーーい 回転ずしーー!!
高速回転寿 しかま
とんかつ かつ村
高速回転寿司 しかま
いらっしゃいませぇ とんかつの かつ村へどうぞ
いらっしゃいませぇ
ふら〜
ずでっ
お客様 何名様ですかあ?
3名さま
うっとり
コラーーッ 回転ずしは どうした 回転ずしは
禁煙席でよろしいですか?
おーーい
はい
うっとり
ハッ ここはどこ?
なぐったろか こいつ…
どうしよお〜〜 回転ずしじゃない〜〜〜っ
あんたのせいでしょ これじゃ 高くついちゃうわよ
メニューで ございます
ありがとう
きりっ
あ〜あ これじゃ とうぶん 父ちゃんの晩しゃく ぬきだね
あんたの おやつもよ!!
なるべく 安いのに してよね
ほーい
オラ お子さま とんかつ ランチに しようかな
¥600
とんかつ かつ村

いや それじゃ 彼女に 子供っぽく 思われてしまう
子供なんだから 子供っぽく 思われて いいのよ
メンズ とんかつランチ の大盛
まあ メンズの!! しかも大盛!!
男らしい方♡
うっとり
きらっ
だめだ こいつ うぬぼれ ワールドに 入っちゃってる
く〜〜
でれ でれ
ご注文 お決まり でしょうか?
カロリー ひかえめ ミセスランチを
¥800
メンズとんかつランチ 大盛!!
ゲッ 1200円も するやつ を…
それから コーラと ゆず シャーベット
しかも デザート まで!?
かしこまりました
メニューを お下げいたします
ガーン
ふつうのリアクション だったので がっかりしている
予定外の出費に がっくり
はあ〜あ
た〜♪
!!
ごく ごく ごく
お水 いかが ですかぁ
カラ

すみませーん お水下さーい
はい どうぞ
ありがとう
きらっ
トイレ
すみません トイレは？
案内してあげるわ
わーい
でれ
あのヤロー わざと あの店員さん ばかりに 声かけて
おまたせいたしましたァ 当店では ごはんと キャベツの おかわり 自由と なって おります
おいしそー
オラこんなに ごはん 食べらんない 半分 食べてぇ
んもー
のせ
ぱく ぱく ぱく
おかわりーっ!!
うーーっ
もう 食べらんない〜
ゲプ
こんなに残して もったいない 高い金 取られるのに〜っ ママが 食べるわよ
生活費は 減る一方 なのに
こっちは 増える一方かよ くそ…
体重計

止まれ
またまた オラとかあちゃんの
激しいバトルが始まるゾ編
その3
アクションようち園 園長宅
チュン チュン
高倉
園長先生が毎年 たのしみにしている事が ある
ルルルーン
♪
きょうは たのしみな〜 遠足の下見〜っと
あなた 私 ゲリに なっちゃった
下見 行けないわ
えっ!? せっかくたのしみに してたのに 私ひとりじゃ さみしいな
今 上尾先生に 電話したら 私の 代わりに 行って下さる そうよ
えーーっ!? じゃ 私と 上尾先生で…!?
イヤな予感がした
高倉
ピンポーン
はい? どちらさまですか?
……… どちらさま?
上尾ですぅ おはようございま…
ぽそ ぽそ
上尾先生 ちゃんと インターホンに 近づかないと 聞こえないでしょ

すみませんねえ せっかくの休日なのに 呼び出したりして 電車の座席予約 しちゃったから もったいないでしょ だから主人と 行ってきて
ありがとう ございます
じゃ いいって らっしゃい
ピー ゴロゴロゴロ
あーあ ゆうべ調子にのって 栗ごはん6杯も 食べるからですよ
とりあえず 駅まで 歩きましょ
ハッ
これって 不倫!?
見てはいけないものを 見てしまったわ どうしよう でもこれは 最後まで 見届けないと いけないわ きっとこれが ネネの使命なのよ!!
わく わく
でも ネネひとりじゃ 不安
だれか いない かしら
止まれ
な 何してんの?
きょうは 『止まれ』な 気分なので
あいかわらず わけのわかんない 少年ね
てれるなァ
それより ネネと いっしょに来て!!
オラ ひまじゃ ないんだけど
ひまにしか 見えないわよ
かすかべ駅

まもなく
2番線から
特急めかけ号
奥かすかべ山
行きが発車
いたします
トゥルルル
ガタン
ガタン
プシューーッ
ふう
出ばなでちょっと
アクシデントが
あったものの
どうにか
発車した
これ以上
何事もなく
行ってくれると
いいが
ぎくっ
さーっ
たしかに
組長さんと
ますみちゃん
でしたな
ね
あやしい
でしょ
なにが
あやしいん
ですか?
ぎゃあああ
けして
あやしい者では
ありません
ようち園の
組長…
じゃなくて
園長と
教え子
です
ざわ
ざわ
ギャー
助けてーっ
ほら
上尾先生も
説明して
下さいよ
ねたふりー
くかー
ジロジロ
見てんじゃねーよ
あのオッサン
極道づら
だけどよ
根は小心者の
園長なんだよ
文句あっかぁ!!
ぱっ
わ 私 今
失礼なこと
言いません
でした?
いえ
いいんです
ありがと
…うう…
なんて人さわが
せな先生だ
もとはといえば
君たちのせい
でしょ

ネネ先生たちのことだれにも言いませんから特に奥さんには…
ネネちゃん大人のドラマの見すぎです
オラもふりんだなんてぜったい言わない
しんのすけくんも少し小さい声で
ひそひそ
ひそひそ
ええいこうなったら
え――私はようち園の園長できょうは上尾先生と遠足の下見に行くところをどうやら園児が誤解したようですアハハハ
し――ん
組長あんなこと言ってはずかしいぞ
ウウ〜っ
私だって言いたかありませんよ
座席指定券買ってのんびり弁当食べながら旅行気分に浸ろうと思っていたのに…今は一刻も早く降りたい気分
弁当の味わからない
オラにもひと口ひと口
奥かすかべ山
ヘげ谷
もっさり町
そーゆーわけですからしんのすけ君とネネちゃんの家に電話しといて下さい
『夜までには必ず送り届けます』とじゃたのみましたよ
ではこれから遠足のコースの下見に行きましょう
はあ〜〜あなんでこんなことになっちゃったのかなァ
そのセリフ私が一番言いたいです!!
あげくの果てに…
ザー
なんとかぶじ帰宅
もう来年から遠足の下見なんか…ぶつぶつ…
あなたァごはんですよォ
ゲリ治った↓

またまた オラとかあちゃんの 激しいバトルが始まるゾ編

その4

ひまわりのふとん
美系男性タレントの写真
めくり
ゴロゴロゴロ
ひまわり
至福の時
ぺたし
ただいまりりんもんろー
かくしかくし
あんたに郵便物届いてたわよ
え
もしやこれは…
ドキドキ
ベリ
ぬおおっやっぱり
アクション仮面ふりかけのラベル3枚を送ると抽選で当たるのだ
アクション仮面写真集
やったーっ!! 当たったーっ!!
キャッホーーッ
だだだ
ぞうきんがけが苦にならないくらいうれしい という表われ

こ これは
オラの
宝ものだ
一生
だいじに
するぞ
これの
ひみつの
かくし場所を
決めなくちゃ
ひまに
見られて
ないだろうな
さっ
よしよし
ねてら
どさっ
かくし場所は お2階に しよ
ちょっと ていさつ してこよーっと
じたばた
よ
めくり
アクション仮面の
正体
郷 郷太郎
きゃぴーーっ♡
これを
ひまコレクションに
加えたい と思っている
どどど
びくっ
アクション仮面

よーーし
いいかくし場所
あったぞ
ぬ
だーーっ
よじ
よじ
よじ
あそこに
かくしとけば
もう あんしん
だだだ
ねぞうの
悪いヤツだな
おっと
『アク仮め』の
さいほーそーの
時間だ
だだだ
必死でさがすこと1時間
見つからずダウン
その後
ダメじゃないの
こんなに
ちらかして!!
どしたの?
アクション
かめーん♡
めくり
そこだったん
かい
?

またまた オラとかあちゃんの
激しいバトルが始まるゾ編
その5
人気マンガ『少年忍者吹雪丸』の作者 よしいうすと宅
トゥルルル
はい よしいです
ああ 双葉出版の そめ谷くん
…
原稿だろ あと4ページで終わるよ
きょうの夕方6時がタイムリミットですからね 先生
フルーツ好き
わかってるよ 今朝9時だから よゆうの ヨッちゃん 酢漬けイカ だよ ワハハハ
つまんねー
もし間に合わなかった場合は ハワイ取材旅行も無しですからね
ムッ
たのみますよ
ハワイ行きがかかってるんだ 死んでも終わらせたる
しかも出版社が金出してくれるし 取材とは名ばかりで ほとんど遊びだし
それから 明日は 成田空港に 朝8時 第2ターミナル Hカウンター前に 集合ということで
OK OK カラオーケ ふろおーけ
つまんねー 早く切りてぇ
ムカッ
じゃ そーゆーことで よろしく どーも
ぐしゃっ
メモっとこ
えーと ○月×日…
さらさら
○月×日 AM8:00 成田空港 第2ターミナル(H)

アシスタント兼女房 たえ子
仕事順調？
まぁな
ふーーん
こいつ さぐってやがる ハワイに行けないもんだから ひがんでアシスタントボイコット しやがって オレが原稿落ちればいいと 思ってるんだろーが そうはイカのくんせい
取材旅行の 荷づくり してあげようか
だいじょぶ 自分で やるから
去年オレだけ グァムに取材旅行 行った時 こいつに 荷づくりさせたら トランクに ダンベル入れやがった からなァ
くっそーっ やけに重いと 思ったら…
いやがらせだー！
7kgの 2コ
ゴメンね 手伝えなくて 肩と腰が 痛くて痛くて
いいさ 気にすんなよ
どうせ ウソだろ
これから 近所の奥さんと ボウリングと カラオケ 行ってくるね
おう いっといで
肩と腰 痛いのにボウリングですかい
あと4ページ なのだが このあとの展開が 決まらないんだよなァ
よし 公園で ネタづくりだ!!
よしいはネタにつまると よく公園に行く
さっきの メモ帳
公園
吹雪丸が 悪玉忍者組織 『8月の からす貝』 のアジトに 潜入して… うーーん このあと どうすっか
おまえ 最近 太ったなァ
あん いじわるう
ブツブツ
さつまあげ 食いたい さつまあげ…
『あん いじわるう』
『さつまあげ 食いたい』
『あん… さつ…』
暗殺!! 暗殺計画!! これだっ
さらさら
暗殺計画 8月のカラス貝

吹雪丸がアジトに潜入しグーゼン将軍暗殺計画を知ってしまう!! しかし敵に見つかり追いつめられる!! これだ!!
セリフはこうでこうなってブツブツ…
めくり
できた!! これであと4ページ絵をかくだけだ!! ワハハハ
そしてハワイへゴー ひろみ
メガネザルぅ コンタクト入れてもメガネザルぅ〜〜 ♪
うっ あのくそボーズだ
いつもあいつに会うとろくな目にあわん また原稿落ちたらかなわん 忍法ベンチ裏隠れ
こそこそ
とさ
しんちゃーん
よ
どこ いくの?
マンガ家のよしいうすと先生にボクの新作マンガ『のりおとシュウちゃんの大ぼうけん』を見てもらおうと思って
どーゆー意味だよ
物好きだな
先生にボクの作品のいい所や悪い所を批評してもらいたいんだ
彼にわかるかなァ?
き きさまに彼呼ばわりされる筋あいはないわい
ボク将来はよしい先生みたいなマンガ家になりたいんだ
うんうん
似合わないヒゲはやしてエラそうにしたいの?
あの人の人間性は好きじゃないけどひとつのヒット作品だけでず——っとガンバッてる点がスゴイなァと思うから
なんでこんなようち園児ごときにこんな評価されなきゃならんのだ うう…
お こんなのおちてた
ハッ あれは私のメモ!! しまった
ミミズがサンバおどってるような字
ほんとだ
悪かったな
日ペンのみこちゃんやっとくんだった

交番にとどけてくるー
バカヤロ よけいな事を… それがないと仕事にならん
おいっ 待て!!
あっ よしい先生!! ボクの作品見て下さい
ばっ
うるせーやい ヒット作がひとつしかなくて悪かったな!!
わーーーん やっぱり人間性はサイテーだよ～っ
交番
これが公園に落ちてたの? ただのメモ帳だね…
!!
これは…
そーいえば モッサリ共和国大統領の来日って明日の朝8時だったよな
すると これはテロリストのメモ!!
おおっ
こら くそボーズ オレのメモ返せ!!
はあ はあ
おわーーっ てろりすと
君ちょっと話を聞かせてくれないか
な なんだよ はなせよ
はあ はあ
ムダなテイコーはしない方がいいぞ
はなしてくれよ!! これから仕事しなきゃならんのだ!!
このメモに書いてある事をする気だな!!
一平!! 手錠手錠
うむーー よしいうすとはてろりすとだったのかあ
ガラ ガッシャーン
でも てろりすとって なんだ?
そして ハワイ旅行はなくなった

またまた オラとかあちゃんの
激しいバトルが始まるゾ編
その6
のり弁当お待たせいたしました380円です
はいよ
はぐはぐ
はぐはぐ べんとう
ありがとございましたぁ
オレは自動車メーカー『乙産』の営業マン
営業成績は社内ワースト・ナンバー1
どっか
しかも女にもぜんぜんモテない ついてない人生だ
イチャイチャ
はぁ～ぁ
じ―
はっ
なに見てんの？
オレのセリフだよ
なぜオレをジロジロ見てる？
ジロジロなんて見てないもん
じ――って見てたんだもん
ハイハイ なぜ じ――って見てたの？

いやぁ どんな物を食べるのかなァと思って…
ふつうののり弁当だよほら
ほほう人間と同じ物だ
オレはめずらしい生き物か？
これでおまえの疑問は解決したろさぁどっか行ってくれ
いやいやオラもここにすわらねばならんので
なんで？待ち合わせか？
いやちがいますぞ
ボーちゃんとここで会うおやくそくをしてたので
それを待ち合わせってゆうんだよ!!
イラ イラ
ooo
ちっ他のベンチは空いてねえしな
イチャ イチャ
早く食べないとのびますよ
ラーメンじゃねえんだのびねーよ
食ぉ
あーん
じと—
…
そんな…いただくわけには…
まだなんにも言ってねーよ
しゃあねぇほらよ
お兄さんに食べさせてもらうのはちょっと…恋人同士だと思われちゃうし…
……

いただきまりすみぜるー
ひと口だけだかんな!! ひと口!!
あーーむ
べろん
おーーっ
のヤロ〜ッ のり丸々一枚ひと口で食いやがったなァ
うまくちぎれなかったもんで
もじもじ
これじゃのり弁買った意味ねぇじゃねえか
ほんとにオレってついてない人生
いやーん
イチャイチャ
ぬーー
イライラ
なんかくやしいですな こっちもイチャイチャしますか
対抗せんでいい!!
ぬおおおっ
ぶちゅーーっ
さ こっちも負けずに
ぶっ
め めしがのどの奥の変なとこに入りやがった
ぶほっ
うっ きたねーっ
キャーーッ
何すんだてめーっ
ドギッ
宇宙一ついてねえ
あ〜〜ぁ

はい 残しちゃ だめよ
それどころじゃ ねえよ
こいつと いると ろくな事 ねえ
にげよ
だっ
あっ どこいくの？ ウーロン茶 わすれて ますぞ
まいて やる!!
だっ
すたっ
故障です か？
あ はい
なるほど これだな…
ポ
テキ パキ
ブロロン
よっしゃ OK!!
ありがと ございますぅ
見て すぐ 直せちゃうん ですね スゴイ
いや オレ 車や だから
えっ!? そうなんですか!? 私ちょうど 買いかえようかと 思ってたの パンフとか 今あります？
あります あります 売るほど あります!!
あの よろしかったら お礼もしたいので お食事しながら お話し聞かせて もらえません？
よ よろこんで!!
ほーーい ウーロン茶
サンキュー おまえの おかげで ラッキーに 出会えたよ!!
お礼に そのウーロン茶 あげるよ!!
?
ぽかーん

またまた オラとかあちゃんの 激しいバトルが始まるゾ編

その7

あんたは2階のベランダにひまわりと自分のふとんをほす事!! ベランダの手すり汚れてるからぞうきんでふいてからね
ふーーい
トゥルルルル
もしもしカメよお酒はのめよ
あしんちゃん? ボク マサオ きょうこれからベルサイユ公園でサッカーやるんだけど来ない?
サッカーーッ!? いいねーーっ!!
行かない…
ずでで
電話のむこうでマサオがコケた音
ぬ
じゃじゃーね
ガチャ
す
ふぅーー
あーあサッカーやりたいなァにげちゃおかなーー
にげちゃお

ふら
ふら
おっとっ とっとっ 重いなー
おっとっとっとっ
ぼさっ
おーっくっくっ
あら だいじょうぶ?
がっし
しっかりね
くるっ
はい
くそ
そうだ
ぞうきん
ふき ふき
おわーーっ ぞうきんが 落ちちゃったァ とってこなく ちゃあ
ひょいっ
ずばんっ
ふんっ
べちゃっ
母ちゃん ないすぷれい
ふんっ

よ
ほ
ふら
ふら
どさっ
よ
よ
するり
あら…
あ〜あ
人生なにがあるかわからないね
ああそうだねっ
気をつけなさいよね
ゴメンなさい生野菜
ぎゃーぴ
ぎゃーぴ
今度はひまかハイハイオムツかしら
よし今のうちにげちゃお
あいたたた〜腰いた——
……
……
どさっ
母ちゃんほかにお手つだいは?
ありがとうもうないわ遊びにいっといで

しんちゃんア・ラ・カルト
オラが大活躍するゾ編

しんちゃんア・ラ・カルト

オラが大活躍するゾ編

その1

『しんちゃんの町の小さなくつ屋さん』

下方約50メートルの地点に『町の小さなくつ屋さん』を発見!!
よし 攻撃体勢に入れ!!
ミサイル 発射準備よし!!
…って ちがーう!! ボクらは このクツ屋さんを助けに来たんだよ
なんで?
だって ボクらは くつの精なんだぞ
足がクサイのは だれのせい?
くつの せい
…のせい?
ちがう ちがう
くつの精は困っている くつ屋さんの助けとなるグループなんだ
えーっ!? そんなジミな活動なの? オラもっと女の子にキャーキャー言われるグループかと思ったのに
ボクも そう思って サインの練習とかしてた
とにかく今から この『町の小さなくつ屋さん』を助けます!!
町の小さな くつ屋さん
よーし じゃ ここの娘さんの背中が かゆい時に これで かいて あげよう!!
そーゆー しょーもない 助けじゃないの!!
いいなァ
だいいち ボクらは 人間に姿を 見られちゃ いけないんだぞ
見られると どうなるの?
カルーセル麻紀 みたいに なっちゃう ぞぉぉ
ひぃぃ〜〜〜っ 取られ たくない〜
んなわけ ないだろ

どうなるのかはわからないけどそーゆーふうに言われてるから気をつけるように!!
ほーい
はーい
とにかくボクらにできることをしてあげようよ
ボクたちくつの精だしいいくつを作ってあげようよ
それがいい!!そうしよう!!
トン テン カン
トン テン カン
トン テン カン
できた!!
翌朝
あっ くつができてる!! どうして?
そろそろ新しいくつがほしいな
ひょっこ
ひょっこ
娘さん そのくつを売ってくれないかね
え!? でもこれは…
うん ちょうどいい はきごこちだ!!
くつべら
ん?
ふ 不思議だ!! 私は足の病で歩くのが不自由だったのに このくつをはいた とたん すいすい歩けるぞ!!
分身の術だって ほら このとおり!!
ささっ
すい すい

このくつ いくらだね? これで足りるかい?
えっ!? そんなにたくさん
ありがとー ラララーン♪
いったい どーゆーこと?
その夜
トン テン カン
テン トン カン
ガガガガガ
連夜 くつを作っては 翌日には売れた しかも買った人のなやみを解決するくつなのだ!!
ええ このクツのおかげで足が臭いって言われなくなりましたよ
営業マン Aさん(28)
彼女イナイ歴32年のボクでしたがこのクツをはいたとたん彼女をゲット!!
自営業 Bさん(32)
このお店のクツをはいて仕事したら原稿描くのが早くなったんですぅ
しかもボツがゼロ!!
マンガ家 大原なち(?)
とこのように町の小さなくつ屋さんのクツをはいた人々は必ず幸せになるという評判が広がり今では連日行列です!!
来年 息子が受験なのよ クツ売ってーっ!!
痔を治したいんだ!!
だったら病院行け
町の小さなくつ屋さん
テレビあさひ
いったい だれがクツを?
わからないわけど きっとこれはくつの精のおかげだわ!!
あたしはそう信じてる!!
うーむ あの子わかってるじゃない
よし これからもガンバロー

町の小さなくつ屋さん
あれが今評判のくつ屋か ここは駅前通りで立地条件がいいから売れるんだな
くつ業界最大手イミテーションゴールドシューズ社・社長
あの土地がぜひほしいですな
おまかせ下さい あの店はウチから多額の借金をしてます
それをネタに倒産に追いこめますよ
にがよもぎ銀行・頭取
ゴメンよぉ にがよもぎ銀行さんからの使いのもんだがよ
近頃景気よさそうじゃないの
はっ
にがよもぎさんの借金今すぐ返してほしいとさ
必ず全額お返ししますからあと少し待って下さい
やかましいやコラッ こっちはボランティアでやってんじゃねえぞ
今すぐ返すのが無理なら店売ったらどうだい
そ・それは
おっこれが今評判のなやみを解決してくれるクツか
オレ やせすぎて困ってんだよ
オレはハナがひくいのがなやみだな
どうせインチキだろ
でぶっ
えっ?!
わわわっ
にゅーっ
くつがぬげねーっ
だれか助けてーっ
ゴッ
助かった
その夜 イミテーションゴールドシューズ社社長宅
トンテンカン
トンテンカン
翌朝
さーてきょうはゴルフでもやるか
コサックダンス専用シューズに作り変えられた
な なんだ!? おどりたくないのに体が勝手にコサックダンスしてしまう
コサック
コサック

社長 私もですぅ クツをぬごうとしてもぬげないし〜
このまま死ぬまでおどらされるのかあ
社長っ
はあはあ
はあはあ
きっとあいつらのしわざだ!! 殺し屋をつかわして町の小さなくつ屋の母子を仕留めろ!!
はい
助けたいけど人に姿を見せられないし
オラ行く
キャーーッ
ばっ
わっ なんだおまえら
トンテンカン
トンテンカン
ひぃぃ〜っ おどりたくないのに体が勝手にあわおどりを〜〜っ
チャンカチャンカチャンカ
あなたたちくつの精さんね 今までありがとう
見られちゃった
人間になっちゃった
ボンッ
くつの精は人間に姿を見られると同じ人間になってしまうのだ
その後 彼らは町の小さなくつ屋さんの職人として幸せにくらしました
一方病院では
はあはあ
はあはあ
おあ
コサックコサック
回診でーす

しんちゃんア・ラ・カルト

オラが大活躍するゾ編

その2

『ミラクル・マーカーしんのすけ』

なぜ絵をすてた？
オラ おえかきスキだけど金賞とか銀賞は他の子ばっかりオラの絵はおへただからすてたんだ
君の絵はへた なんかじゃないさ
じゃうまい？
ところでマンガ家の大原なちは原稿かくのが早くなったかなァ？
ぬ――話そらした
この絵は私が もらっておこう その代わり君に これをプレゼントしよう
わーいありがとございますぅ
なーに？
ミラクル・マーカー
どーゆー物なの？
ミラクルなマーカーさ
そのまんまだぞ
とにかく使えばわかる
おじさんお名前は？
ふ 名のるほどの者じゃないさ
それもそうだね
同意するな
こーゆー時は引き止めてでも名前を聞くのが礼儀だぜ
けっきょく名前言いたいんでしょ
『さすらいの画家』とでも呼んでくれ
さすらいのバカ？
画家!! がぎぐげごのが!! がか!!

ではさらばだ!!
ばさっ
くるっ
ゴッ
あたたたた〜っ
やっぱりバカだ
さっそく使ってみよー
かきかき
ばりばりばり
びくっ
うわっ
こんもり
おわーーっ
くさ…
くんくん
まかさ…
かきかき
ばりばりばり

ここはどこだ?
おおーっ
スゴイぞこれ
きさまだれだ?
オラしんちゃんだよぶりぶりざえもん
ぶりぶりざえもん?
てっきりケビン・コスナーかと思ったのに…
がっくり
カガミ見たらもっとガッカリするんだろうな
おおっいいこと思った!!
かきかき
チョコビ
ばらばらばり
わくわく
ドキドキ
おおーっ
チョコビ
おーっちゃんと中身入ってるぅ
ベらっ
ポイ
チョコビ
まじい…
ボリボリ
絵がへただからかな…食べ物はダメか…
チョコビ

ななこおねいさん!!
ど〜〜ん
おムネ大きくしちゃお
セリフは『しんちゃんスキよ』だな♡ムフフ
かきかき
しんちゃんスキよん
これ失敗…消そ
変なの…
ばりばりばり
おわーっ
しんちゃんスキよ♡
しんちゃんスキよ♡
おわ〜っ来るなーっ
ハラへったぞなんか食わせろ
だ〜〜っ
ガーーッ
あぶないっ!!
しんちゃんスキよ!!
どんっ
キキーッ
じじゃっ

やっちまったか!?
ばっ
ふうーーっ なんだ ただのらくがきか…
気をつけてくれよな ぼうず
ブォー
ゴメンね…
ふ
そして絵は消えた
ひらひら
オラのかいた絵だ
自分の絵をもっと だいじにしてやりな
母ちゃーん 見て見てー オラの絵
これで このマーカーの役目は終わったな
そして このオレ『絵の精』の役目も…
さて次は だれの所に行こうかな
くるっ
ぱっ
ゴッ
あてて

つきゃきゃ

ドキッ!ポッ!でれ〜!! ななこおねいさんとデート編

ドキッ! ポッ! でれ〜!!
ななこおねいさんとデート編
その1

えっ!? 今度の日曜に しんのすけと 映画に!? 無料券が 手に入った… ふむふむ
ドキッ
どうする? しんのすけ
な なにが?
なにがって とぼけんでも ええわい!!
こんな でっかい 耳して どうせ 聴いてたんでしょーが!!
つねー
いきます!!
行くって… でも ほんとに いいの? じゃ よろしく おねがい します
あら? どこいった?
ガチャ
ボクは〜〜 おふろ大スキ 美幼児〜〜
ゴシ ゴシ ゴシ ゴシ ゴシ ゴシ
こいつは…
ガオーッ
がばっ
きゃっ
おバカだなァ たかが映画 じゃないか
だってぇ… でも たのもしい しんのすけ スキ♡
おバカは おまえ だよ
でれー
ばっさ ばっさ

当日
しんのすけの今の心理状態
キャッホーッ
BRoRoooN
ピンポーン
おはようございまーす
お おはよございます
まあ しんちゃん かっこい〜くっ
ななこちゃんのいうことよくきくのよ!!
だいじょぶですよ
はい!!
しのぶもいますから
はよざいあーす
ななこと同大学の女子プロレス研究会
主将 神田鳥 忍
しんのすけの今の心理状態
はあ はあ はあ
キコキコキコキコ
映画は何?
タイタニックの続編の『限界丸』です
あたしのどぁ〜いスキなデカプリオが出てるのよ〜
じゃ いってきまーす
おねがいしまーす
ななこちゃんと手ぇつなご
すすー
しんちゃん しのぶと手ぇつなぎましょ♡ ウフ♡
ぐいっ

かすかベシネマ
主演 カオトタ・イドガー・デカプリオ
限界丸
すわれて よかったね
はい♡
そうね
ななこの となりに すわれて ほんとに よかった♡
ジュースと おせんべ 買って くる
わーい ななこと ふたりきり♡
しんちゃんも 行く?
オラ ここにいる
私もいくわ しんちゃん 席 とっといて
すでっ
チャック!! 私 空を飛んでるわ!!
うっとり
各自・自分を 映画の中に あてはめて 見てる
早く にげるんだ ルーズ!!
ザザー
く 来る!!
はら はら
恐く〜〜い
がばっ
あんたのが こわいぞ
チャック… 死なないで
別の意味で 泣いている
ぐが〜
グスッ
うるうる

ドキッ! ポッ! でれ〜!!
ななこおねいさんとデート編
その2

ただいまさかり
かついだきんたろう
ジャー
おかえり
おやつは?
せんべとクッキーがあるよ
あ
い
がさごそ
ブビーせんべ
ポリ
やはりそのへんの事をご主人とキチンと話し合われた方が…
たてての のととたー
ブツブツ
ご主人のことはまだ愛しておられるんでしょ?
とうたの てててたい
ブツブツ
ひまわりったら
お菓子食べ食べ
ワイドショー
見ながら
なにやら
ブツブツ言って
やーねぇ
母ちゃんそっくり
えっ?!
はっ
そーいえば
ついさっきまで
私がしてた事
ワハハ
ブツブツ

むかしから『イリオモテヤマネコの子はイリオモテヤマネコ』といいますからな
『カエルの子はカエル』でしょ
わざわざ長いもんに変えるな
それから『子供は親のこかんを見て育つ』とも言いますぞ
親の背中!!
このままいくとひまわりも
私そっくりのぶくぶくダメ中年に
ぶくぶくダメ中年とはなによーっ!!
つねーっ
あのー自分で言ってましたけど…
翌日
きょうから私はキチンとした生活をして
ひまわりの良いもはんとなるわ!!
服装もビシッ
まずよく働く!!
テキパキ
テキパキ
ガー
くるっ
ちょっと待ってあんたに見てもらわないと意味ないのよ
ほらほら働く美しいママを見て見てぇー
だだだ
ガー
あっ
だーーっ
くるっ
のがすかコノヤロてめーっ
ぜんぜん良いもはんになってないぞ

クラシック→
ピ
コポポポ
ティータイムはクラシックを聴きながらハーブティーを飲む
お菓子は太るからやめるわ
う――んデリシャス
にあわないぞ母ちゃん
ひまわり見てるかしら?
ちら
グガー
なんだよ 見てろよ せっかくキチンとした生活してるのに
やっぱハーブティーだけじゃ物足んないわね
イライラ
おっ いもようかんとギョーザせんべ発見!!
ギョーザせんべ
ひまねてる間だけワイドショー見ちゃお
ジャ
ピ
アンジェラ小梅激白!!
藤原けいじとはぜったい別れません
この2人もドロ沼ね
ブツブツ
イリオモテヤマネコの子はイリオモテヤマネコ
うんうん
たい

ドキッ! ポッ! でれ〜!!
ななこおねいさんとデート編
その3

へえ――っ
あき箱のコレクション? いいねー いつからやってたの?
今 さっき思いついたのだから今から始めるの
あそ
じゃ ちょっと待ってて
さっさと箱渡して帰ってもらお
すみませんな
あ オシッコしたい
トイレどうぞ
トイレ
ジャー
ふう いいオシッコだった
ガサ ゴソ
お おいしそーなおせんべですな
よかったら食べていいよ
なんかそれじゃさいそくしたみたいで悪いよ
じゃあ食べないの?
いただきまーす
ばりっ
ぼりぼり ぼり
こんなもんでいいかな?
なにが?
ばり ばり
なにがって… あき箱コレクションするんでしょ?
ああ そーいえばんなこと言ってたな
ばりっ
でも あき箱コレクションもそろそろあきちゃってねえ
まだ始めてないでしょーが!!

このおせんべからーい
なんかのみたーい
カルピスかココアか
ホットミルクでもいいよ
なぜ
手間のかかる物
しか言わないの
しんちゃん
悪いけど
ボク今すごく
いそがしくて
スケジュール
どおり
用事を
すませたいんだ
ボクの計画表
8分42秒
ムダにした
イラ イラ
おおっマサオくん
オラと同じですな
オラも今
スケジュルどおり
生きててとても
いそがしいんだぞ!!
えっ!?
うそ!?
ほんとだぞ
『○月×日
ごご3じから
5じごろまで
マサオくんち
にて
くつろぎタイム』
オラの
すけじゅる
ひょう
それの
どこが
いそがし
――の!!
だいいち
そんな予定
勝手に
決められても
困るよ!!
いやいや
めいわくは
かけませぬ
もう
かけてるよ
ピンポーン
マーサオくーん
ネネちゃんの
声だ
もしかして
リアルままごとの
おさそい…!!
いないふり
しよ
コク…
マーサオくーん
物音
たてない
ようにしよう
うむ
たいくつだから
音楽でも
かけようか
ラルクとか
ボクの話
聞いて
なかったの?
いないの
かなア…

しーーん
どうやらあきらめたみたい
トゥルルル
ほ
はい もしもし
あっ やっぱりいるす使ってたわね!!
けいたい
ひいいーーっ ネネちゃん
ネネのきょうのスケジュールでは5時までマサオくんとリアルままごとなんだからね
なんでみんな勝手にボクを含めるの?
ネネのスケジュールノート
しんちゃんがいたのは予定外だったけどでもいいわ子役で使ってあげるし
いや オラ別にそんな…
ボ ボクの計画が予定が…
きょうのマサオくんは無計画でだらしない夫役ね!! はい スタート!!
だい本
ううっ…どうしてあなたっていつも計画性がないの?
いや ありますって
私としんのすけがせっかくスケジュールどおり生活してるのにいつもあなたがメチャクチャにする
まったくだねママ!!
あんたらなァ
じゃあね バイバーイ マサオくん
たのしかったですな
ただいまァ
しょせん人生なんて計画どおりいかねえのさあぁ～
うへへ うへへへ
カァ カァ カァ カァ
なにがあったんだい? マサオ…

ドキッ! ポッ! でれ〜!!
ななこおねいさんとデート編

その4

きょうはよしなが先生が具合い悪くてお休みなので代わりにひまわり組を見ていただけますか?
私が…!? ひまわり組を見る…
ひまわり組
じー
ワイワイ
ガヤガヤ
ただ見るだけじゃダメなんですよ
や やっぱり…
ワイワイ
よしなが先生はどうしたんですか?
ぐ ぐあいが悪いそうです
頭のぐあい?
そりゃおまえだよ
た ただのカゼだそうです
そ それではこれからおえかきをしましょうね
ぼそぼそ
先生 ちゃんとこっち向いてもっと大きい声でしゃべって下さい
あやしい
え?
ネネちゃんのママの歳?
そう ごまかしてるかもしれないのよ あやしいわ
…ってちがうわよ
よしなが先生が休んだほんとの理由の事よ!!
カゼだなんてあやしいわ ほんとはもっと重大な事実があるのよ 例えば恋人の石坂さんにすてられてショックで休んでるとか
わくわく
そーゆーの好きだなネネちゃん…
もしかしたらもっと重病なのかな
不治の病…
富士の山いい?
わーーん よしなが先生死なないで〜っ
いや ぜったい恋人がらみよ
重い病気だよ
よしなが先生ずる休みして山登りしてるのか ぬーうらやましー
み みなさんおえかきをしま…ぼそぼそ
ざわざわ
ワイワイ

そしてようち園も終わった その日の夕方
じゃ これ よしなが先生に渡して 晩のおかず入ってるから
『おだいじに』と伝えて下さい
はい
お
どうにか熱も下がってきた これなら明日から仕事もできそう
ピンポーン
はーい
いそいそ
もしかして石坂さん!?
みどりさん!! なんだか胸さわぎがして来てみたんだ
うれしい!! 石坂さん♡
がばっ
ん———♡
熱高そうですね
ひえ——っ
あたふた あたふた
あ 上尾先生 来てくれたの? オホホホ
ひとり?
じゃ 中へ入って
はい
失礼します
がちゃ

何やってんの君は
おみまいに来ました!!
どおりで重かったわけだ地球の重力が増したのかと思った
これ晩のおかずだそうです
園長先生ご夫妻が『おだいじに』と言ってました
わ—— ありがとう
まつざか先生が『きょうは化粧ののりが悪いわ』と言ってました
私と関係ないでしょ
私おかゆ作ります
わうれしい
…
シュボッ
なにか材料はと…
あたしゃトイレに
火のそばって何度ぐらいかなァ?
体温計
よい子の皆さんへキケンですのでマネすんじゃねえぞ!!
じっけんおしまい
テレビみよーっと
42度!!たいへん!! やっぱり高かったんだ
電話電話
ピ〜ポ〜ピ〜ポ〜
ななんで?どして?
あとのことは心配しないで下さい!!
ざわざわ
この影響でまた熱が上がりさらに3日休んだそうです
やっぱり頭のぐあいが悪かったのか

ドキッ! ポッ! でれ〜!!

ななこおねいさんとデート編

その5

どうしたんだい？尾崎くん丸山くん
大賀さん
じつはかくかくしかじか
マンガって便利
エリートようちえんゴルフ部キャプテン
大賀 宇津男
なるほど よし わかった ここは紳士的にゴルフ対決をして勝った方がここを使うことにしよう!!
勝負は1ホール
え——っ?!
みょ——
よし じゃ先にオラたちが守るからね!!
ネネちゃんはピッチャー マサオくん フォワード オラ レシーバーね
こいつ ゴルフわかってねえぞ
しかもゴチャゴチャ
代表者をひとり決めてくれ
どうやって決める？
ひそひそ
よし マラソンで決めよう!! 市役所まで10キロマラソンね!!
よーし!!
日が暮れちまうよ!!
ジャンケンでいーだろうが!! ジャンケンで!!
オラだいひょー
へらへら
クラブを1本貸してやりたまえ
この曲がったのでいいや
森
池
コース
先に打たせてもらうよ
しんちゃんゴルフやったことあるの？
ゴーフルってゆうお菓子なら食べたことあるぞ
えっへん
ぜんぜん関係ないよ
ぴくっ
プレイ中は静かにしたまえ!! それがマナーだよ!!
イラ イラ
さしみはナマーだよ
シ————ッ
大賀さんを怒らせんなよ
大賀さん怒らすとたいへんなことになるぞ
ぞお〜
?

ドッ
イエス!!
ナイスオン!!
パチパチ
パチ
ストン
きのうのチケもん見た？
おもしろかったなァ ガハハハ
ワイワイ
ガヤガヤ
わざとさわいでしんちゃんのジャマしてるわ
ぴくっ
めー
オラも見た見た!! やっぱチケットもんすたーはサイコーだよね!!
ワイワイ
いっしょになってさわぐなよ
わん
たん
めーん
ぶんっ
イエス
とんでねーよ
だあぁっ
今ので1打だぜ
わーい
喜んでる場合じゃないでしょ
も1回
わん
たん
めーん
ぶんっ
もどし
コンッ
だあぁっ

ぎゃははは
うしろに打ってやんの
ふ
コーン
え?!
ま まさか
いや 池ポチャだぜ
コーン
亀
うそーっ!?
カランコロンッ
トン
コロコロ
ば ばかな
キャーッ
オラうつってる?
ホール イン ワンだ!!
ず ずるいよ あんなの ずるいよ
次 入れないと 負けっスよ
ぷるぷるぷる
うるさいっ わかってるよ
しーん
ガチ ガチ
ぎゃ～ん
うるせーっ 『しーん』 てゆうのが うるせーんだよ
イライラ
ほーら たいへんな ことになった
そんな ムチャな
じょぼぼぼぼ
じゃ なわとび やろか
うん

ドキッ! ポッ! でれ〜!!

ななこおねいさんとデート編

その6

…って ちがう 別に こんなこたあ したかないのよ
ほほう じゃ これがしたいの かな？
ほれーー
ブオー
おーーっ モーレッツ♪
♪
昭和40年代の 古いギャグ やらせないでよ
なんだか 気分が…
そーじゃなくて せん風機を しまいたい だけなのよ
えーーーっ!? リンダを しまっちゃうの!?
愛称を 付けるな
母ちゃんひどいよ!! リンダを利用するだけ 利用して いらなくなったら ポイですか？
人聞き悪い事 言わないでよ たかが せん風機 しまうだけ なのに…
オラがちゃんと めんどう見るから エサもやるし おさんぽだって…
犬か
せん風機は 夏の物 だから 冬に出てたら おかしいでしょ
しゅん…
リンダ しばらく お別れだね
それじゃ しんちゃんが リンダを しまって あげて
『夏じゅう 働いてくれて ありがとう』って言って…
えーーっ!? なんで たかがせん風機に お礼 言わなきゃ いけないの？
そのたかがせん風機を リンダリンダって 呼んでたのは おのれだろがーーっ
ガルルル

せん風機を一度分解してぞうきんでふいてまた組み立ててからしまってね
ぶんかい？
バラバラにすることよ
父ちゃんと母ちゃんの心みたいにするんだね？
そうバラバラに…
ってよけいな事ゆうんじゃないの!!
ママ洗たくしてくるからちゃんとやっとくのよ
ほい
まずこれをはずさなきゃ
ぬ——くっくっ…
よろ
ぬおお
んもォゴーインなんだから♥
さっさと分解せいや!!
ここをこうやればいいのよ
カパ
おー
よっしゃ
おー——バラバラ
夫婦ゲンカのあとの父ちゃんみたい
そこまでズタズタにしてないわよ
じゃ 部品1コ1コていねいにふいてね

!!
ふき ふき
これだ
おもちょ
かぽ
竹とんぼ
むんっ
こすりっ
ぶーーん
おおっ
ぶーーーーん
おおーーっ
もっかい
ぶんっ
すすんでる?
さっ
ガリガリガッ
さー
終わった?
はい!!
じゃ ビニール袋かぶせて
今年はありがとう また来年ね
ペコリ
しんちゃん お茶しよーか

ミラクルおかまパワーで チョー・パニックだ編

ミラクルおかまパワーで チョー・パニックだ編

『野原一家大チェンジ!』

と 2人の願いが
成立したら
あたしの出番
あたしの ミラクル
おかまチェンジ
パワーで
Aさんは Bくんに
Bくんは Aさんに
チェンジ
しちゃう
ってわけ
3人以上でも
このように
成立すれば
チェンジ可能
なのよね
Bになりたい
Cになりたい
Aになりたい
A
B
C
さて きょうも
願いを
かなえてほしい人を
さがさなくちゃ
ただいまァ
ふう――う
きょうも
つかれたァ
たい
赤んぼは
いいなァ
働かなくて
いいんだもんな
オレも
赤んぼに
なりてえ
た

だーめ これは ママの 高かったんだから
あーん
しまっちゃお
『この人はいいなァ本物を持ってて』と思っている
ぷー
『ああこの女になりたい』と思っている
たぃ
キャンキャン
はいはい今持ってくわよ
犬は いいなァ食べるだけで作らないし洗い物もしなくていいし
はぐはぐ
あたしも犬になりたいなァ
ぷりぷりぷり
や
おげんき?
じゃ
♪
『いいなァいつもお気楽で』と思っている
『ボクも自由がほしいしんちゃんになりたい』と思っている

ゴクゴクゴク
ぷはーーっ
うめぇ
ゴクリ
オラにもひとくち
お酒は20才になってから
父ちゃんはいいなァおビールのめて
オラも父ちゃんになっておビールのみたいぞ
びくんっ
あんっ
ビビビ
か感じるわ!!
めずらしいわ5つの願いが成立してる!!
あの家の一家ねよーーし久しぶりの大仕事よ!!
ミラクルおかまチェンジパワーッ!!
ウィーーン
これで明日の朝めざめたらみんなの願いがかなってるわ
チェンジジジジジ

もどりたい場合は24時間以内に全員一致で『もどりたい』って願うこと!!
タイムオーバーならそのまま永遠にだからね
すや
くかー
すぴー
ふー
zzzz
朝
チュン
チュン
ピピピ
ピピピ
ピピ
たんっ
ふぁーーあー
た〜てと〜とたいたちったぁ
(さーて きょうも会社行くか)
と
よろ
たえ?
(あれ?)
たって たててて?
(なんで立てねえんだ)
あれ? オレがねてる!?
あれ? このかっこ…
たたた…
(まさか…)

だーーっ!!
これは夢だ… ゆうべ 赤んぼになりたいなんて思ってたから こんな夢見てるんだ
じゃ も少し ねーてよっと
ゴロン
た?
ちゅぱ ちゅぱ ちゅぱ
ん? 今何時かしら?
きょう ゴミの日だわ すてに行かなくちゃ
ふあーあ
えっ!? うそ!?
なんで あたし 犬小屋なんかに いるの!?
なっ!? あたしの手のひらに まんじゅうがっ…
ワォーーン
(なにコレーッ!?)

カキ カキ カキ
すや
朝だ ようちえん いかなきゃ
う…
なんか 胃がムカムカ するぞ
こ 腰が いたいぞ
なんか オラ 急に 中年に なった ような…
お
なんで オラ 父ちゃんに なってんだ?
ハッ ということは
ぬおおーっ やっぱり ヒゲ マンモス!!

ど
どおしよおー
会社いってみよ〜っと
にたぁ
カチ
ビー
うーん オラって おとな
ジョリ
ジョリ
ネクタイは これで いいや
これと これ もって
会社の封筒
定期券
正義のみかた サラリーマン!! ワハハハハ
野原さん お気の毒… とうとうリストラに…
うほほーい ギャルと 満員電車♡
かすかべ駅
ガタン タタン
ガタン タタン
ぬ
ギャンギャン
だれか 起きてよ!! あなた!! しんのすけ!!

ギャン
るせーな シロの やろー
ハラへった… 夢の中でも ハラ へるんだなァ なんか 食うか
ぱかっ
お
ビール
やきとり缶
朝から いっちゃう かい？ どうせ 夢ん中 だしなァ
と
よじ よじ
ずるっ
びたーん
どやっ
たいっ (くそっ)
ぱかっ
ばららっ
だーっ
エビフライ
冷凍ピラフ
ちゃんと整理 しとけよ みさえ〜〜
しかし なんて無力なんだ もォ赤んぼなんて やだよ〜っ!! もとに もどり てえよ〜っ
ぎゃぴーっ

その頃
たい〜っ
『やだ こんな おばん!! もとの かわいい あたしに もどりたい』と思っている
くーん くーーん
やだ もォ もとに もどして よ〜〜〜
しんちゃんに なってる!!
しんのすけカゼぎみでハナがつまってる
くん くんくん
ハナが 効かない〜 ニオイが ぜんぜん わからない〜 こわいよ〜 不安だよー もとの犬に もどりたい〜
ぶるぶる
その頃…
駅長室
ぬおおおーん
おうち帰りた〜い ようちえんに 行きたーい もとに もどしてよ〜
ハイ… そのお まいご とゆうか…
ピーッ ピーッ
ビビビ
びくんっ
あんっ また感じるぅ
もどりたいコール成立ね!!
ミラクルおかま おもどりチェンジ パワーッ!!
そして 全員 また もとの体にもどった
救急車 乗って 病院 行こーねぇ ボクぅ
はなせ!! オレは まともだ!! 会社に 遅れ ちゃうよーっ
はーい いい子だねぇ

たーい

スーパーじいちゃん
銀ノ介もオラと
ひまにはかなわないぞ編

スーパーじいちゃん銀ノ介も オラとひまにはかなわないゾ編

その1

よかったね
しんのすけ
おじいちゃんにたくさん
遊んでもらいな
いやいや 今じいちゃんは
オラよりひまわりの方が
いいみたいで
そうなんじゃ
ねーー
ひまちゃん
キャ
キャ
お義父さん
しんのすけの
事も
かわいがって
下さいな
ひそ
ひそ
いやいや ワシも
しんのすけも
昔みたいにベタベタした
関係でなくなっただけじゃ
そ 私たち
ドライな関係なの
あ・そ…
それに オラ
きょう
いそがしいし
あ そうか
ななこちゃんと
デパート行く
約束だったね
ななこちゃん?
クラスメート
かい?
自分でかいた
ほんじゃ
ワシはきょう
1日中
ひまちゃんと
あそぼーね
ピンポーン
あ
来た!?
どれどれ
どんな子だか
見てやれ
すみません
よろしくぅ
じゃ
いってきまーす
オラ いつもどおり
いい子でいます!!
ガーン
そうじゃワシも
デパートで
買いたいもんが
あったんじゃ
パッ
びゅんっ
コラッ
電球じじい
きょうは1日
ひまと遊ぶっちゅう
約束はどないしたんじゃーっ!!
さーっ
ぶー
しんちゃんは
何 買うの?
プラモデルー
ルン
ルン♪
でれ

おー―い
しんのすけ――っ
わすれ物じゃぞーっ
うっ…
ほれ
ハンカチ
ハンカチなら
持ってるもん
しんちゃん
こちらは？
申しおくれました
私しんのすけの祖父
銀ノ介です
銀ちゃんと呼んで
下さい
はじめまして
ななこです
きりっ
じいちゃん
用がないなら
じゃ そーゆーことで
しんちゃん
冷たいわよ
せっかく
気遣って
下さってるのに
そうじゃな
年寄りは
じゃま
だったのう
気いつけてな
うっ これは…
同情をさそう
年寄りの哀愁の
うしろ姿攻撃!!
キュン
おじいちゃま
よかったら
私たちと
いっしょに
行きませんか？
あー っ
いいのかい？
もちろん
ですよ
しらじらしい…
だめだめ
じいちゃん
帰ってよ
しんちゃん
そんな言い方
いけないわ
さ
行きましょ
すまないね
べー
ぬ～
おっと
よろ…
あ
だいじょぶ
ですか？
すみませぬ
もう歳だで
足が
もつれてねえ
出たな
わざとらマン
ぬわわわーっ
ギュ

よーし オラだって
おっとっとっ
よろっ
あ ヒコーキ雲
あ ほんとだ
ずでっ
ムスッ
アクションデパート
この色 私に合いますかね？
君に合わない色なんてないさ
ムス
あっちのもななこちゃんに合いそうじゃな
えっ どれ？
ムスッ
ペロペロ
こてん
いっけない しんちゃんのこと ほったらかしにしてたわ
しんのすけに悪いことしてしもた
すや
？
ドキッ
ワシは このしんのすけがかわいくてたまらんのじゃ
私も しんちゃん 大好きです
家に着くまでの寝たふりをした2分間最高に幸せだった

スーパーじいちゃん銀ノ介も
オラとひまにはかなわないゾ編

その2

くがー
おやじ 起きろよ おやじ
紀香♡
おやじ おれだよ!! 藤原紀香じゃねえぞ!!
がっし
ん?
ぶちゅー
のわわーーっ
ん?
おええーーっ
いやーーっ!! 実の息子にクチビル奪われたーっ
おまえが奪ったんだろがーっ
『○月×日 朝から父ちゃんとじいちゃんが熱い口づけをかわしていた』
日記に書くなーっ!!
かきかき
そんなことより おやじ 聞いてくれ
また痔が出たのか?
そうなんだよ おとといし手術したばっかりなのに またこれっくらいのが…
…って そうじゃねえよ
『○月×日 ヒロシ 再びぢ』
かきかき

おやじよ!! ウチにいつまでいる気か知らねえがいるならいるでいいさ
ただ何か少しでもウチの中の事を手伝ってくれよ!! 子守りとか皿洗いとか
ハッ ちょっときつく言いすぎたか？
ハラへった
ずでっ
おやじ!!
わかったわかったみさえさんのお手伝いしりゃええんじゃろ
それより会社は？
あーーっ もうこんな時間!! ちこくだ!!
母ちゃんとの生活は？
地獄だーっ!!
ハッ
いってきまーーす
しかし朝からさわがしい家じゃのう
その原因をつくっとるのはおのれだろが
というわけでみさえさん今日から仕事手伝うぞ!! なんでも言ってくれ!!
とりあえずズボンの寝押しでもしようか？
それ寝てるだけでしょ

ひまわりと しんのすけの子守り おねがいします
えーーっ!? 子守りって つかれるんだよねーー
ブツブツ
おねがい しますね
はい!!
ビシッ
かくれんぼ しようかの
わーい
たーい
さて 今のうちに 洗たくを
もう いーかい?
もーー いーーよ
どこ かなア?
ここ かな?
めくり
こっち かのお?
こっち かな?
外には いませんよ
そ そうだろうと 思った
ち にげられん かった
すたすた
すた すた
すたすた
もっと おうま〜
とっと〜
ひ〜〜〜 もう つかれたよ
お義父さん お茶が 入りましたよー
みさえ さんも 毎日 たいへん じゃのう
ふふ もう 慣れました

スーパーじいちゃん銀ノ介も オラとひまにはかなわないゾ編

その3

おねつは？
あるよ 38・5度
それしかなくてだいじょぶ？
充分すぎるよ
もういーからあっち行っててくれ
オラ 父ちゃんがさびしいといけないと思って 芸を見せにきたの
いーから寝かせてくれよ――
ちょっと待っててね
ぬぅ
横から出るダブルマウンテーン
……
ゴキッ
おバカな事やってんじゃないの!!
ずるずる
ほ
これでやっと…
カゼひいたんだって？
こいつがいたか
バカはカゼひかないってよく言うが…
あれはウソだったんだよ ウソ!! ぎゃははは

熱は?
38・5度!!
ごめんね それしかなくて!! 70度ぐらいあればよかったのにね!!
いや…… 充分 高熱だと 思うが…
で? 何か芸でも 見せに来たのか?
お よく わかったな そーーか 見たかったんじゃな よーし!!
ちょっと 待っとれ
イラ イラ
ゴキッ
しんのすけと 同レベル…
ずる ずる
今度こそ…
ふー
た
どどーん
みさえーっ!! ヘルプミーッ!!
母ちゃんは おクスリ 買いに 行ったぞ
ひまわりを この部屋から つれ出せ オレのカゼが うつる
と

ひま あっち行こ 父ちゃんのきんが うつるぞ ケッコン できなくなるぞ
ぎー
そこまで ひどく ないって
むん
ここが 気にいった ようですな
しゃあねえ オレが移動 するよ
ふぃ〜
ひまわりに ふとん 取られたー
んじゃ ここでねろ
うう〜〜 寒気する〜
ぶるぶる
よし オラが あっためて やる
よ・よせよ い──よ!!
バ──カ かるい ジョークだ 笑え
笑え ねーよ
うう…
ぶるぶる
ヒロシ 生姜湯 あったまる ぞ
あ──っ なつかし〜 ガキん時 よく のんだっけな
ずず──っ
そーいや ねんがら年中 ハナたらしてたな おめ
あの ハナたらしが こんだけの 所帯 持って… りっぱに なったもんだ ウン…
しみじみ
……
あ──っ 父ちゃん 赤くなったーっ
バ バカヤロッ 熱のせいだい!!

スーパーじいちゃん銀ノ介もオラとひまにはかなわないゾ編

その4

ジャン・レノとディカプリオ起きて
ん? オラを呼んだ?
むく
はぁ〜ぁ
そろそろごはんよ
ほーい
はっ 朝のごあいさつわすれてた
おおっ そうじゃった
おはよ〜
ジョリ ジョリ ジョリ
ございま——す
あはん♡
朝にふさわしいさわやかなあいさつじゃった!!
母ちゃんもどお?
どこがさわやかじゃい
お!! けさはなっとうか
日本人の朝だね
ひょっとこ なっとう
みさえさん生たまご1コくれんかね
冷蔵庫に入ってます
のわわーっ
かっ
かぽ
なっとう
どどーん
なっとうになんて事するとですかーっ

なんで?生たまご入れて何が悪いの? オラなんか他にしらす干しやのり 大根おろしなど入れるよ
ちがう…じいちゃんちがう
そんなのなっとうに失礼だぞ なっとうはなっとうとタレとネギだけでうまくやっていけるのに それだけですごくおいしいのに なんて今さらよそ者を入れるのですか!!
うるさいなァ いいじゃんうまけりゃ
いやゆるせないわ!! なっとくいかないわ!!
まあまあ2人ともケンカしないで
ふう どうにかおさまった
ふんっ
ピンポーン
だだだ
わーん
野原さん 聞いて下さい ミッチーったらひどいんですよ
ヨシりん
いったいどうしたの?その顔
ミッチーにぶたれたんです うう~~っ
父ちゃんも時々同じ顔になってるよ
うるさい
へらへら
またケンカ?
はい ひじょうに重大なテーマについて話し合っていたらだんだんミッチーが怒り出して
何を話してたの?
なっとうに生たまごを入れるのは正しいか否かです!!
ずでっ
おおーっ
ボクは子供のころからなっとうにたまごやしらす干しを入れるのが好きだったんです でもミッチーがそれはちがうって言うんです
おおーっ
どこが重大なテーマだ!!
えーっ?!

今どき骨のある若者じゃ 気にいったぞ!! 私はしんのすけの祖父 銀の介だ
ボクはとなりのヨシりんです!!
ヨシりん!!
銀ちゃん!!
がっし
ぬララ～
あっ やっぱりここね ヨシりんはすぐ野原さんとこににげるんだから 弱虫!!
よ 弱虫じゃないもん!! 弱虫じゃないもん!!
あ～～あ 子供のケンカだよ
ミッチーはなっとうに生たまご入れるのはまちがってると思うよね!!
そうよ!! なっとうに生たまご入れるなんて人間じゃないわ!!
なっとうに何かを加えて新しい味を追求することによりなっとうの潜在能力を引き出してやるのがなぜ悪い!!
そうだ そうだ
なっとうに生たまご入れるのはブルース・ウィリスとシュワルツェネッガーが同じ映画に出るみたいでくどいと思うぞ!!
そうよ そうよ
朝からうるせーな せっかくの休みなのに…
野原さん あなたのお父さまはすばらしい!!
いや 私なんてまだまだ
いや すばらしいです!! なっとうに生たまご入れるなんて人間ができてる!!
きりっ
バカか…
けさはなっとうか オレも久しぶりに生たまご入れてみるか
え!? 久しぶり…!?
ふだんはなっとうとネギだけ 体がつかれて精をつけたい時は生たまごを入れる
使いわけてる!!
そうよ!! 使いわければいいのよ!! そうすればどっちの味も楽しめる
なんか息子に教えられたような気がする
父ちゃんはスケールがでかいんだね
見直しましたよ 野原さん
なんでおまえらまでここで食ってんだよ
頭痛がしてきたねよ…

スーパーじいちゃん銀ノ介もオラとひまにはかなわないゾ編

その5

こいつのこーゆー所がイヤなんだ!!
バカか!! なんでこんな所でオレが落語をしなきゃならねーんだよ 考えろよ!!
じわ…
ハッ いかん
バカッて言った あたしのこと バカッて言った 両親にも言われたことないのに…
ううう〜
ゴメン オレが悪かった たのむから大声で泣かないで アイスクリーム買ってあげるから
てへ
じゃ バニラね
ケロッ
こいつのこーゆー所もイヤなんだ
チキン 6ピースパック サラダひとつ ジュースふたつ
ワシはウーロン茶と焼おにぎりも
オラ席とっとく——
ソフトクリーム バニラ ひとつ
あっ
他にも空いてる席があるんだから わざわざとなりにすわんなよ おまえらがいると別れ話がしづらいじゃねえか
しんのすけ—— こっちにすわんべよ——
お いいぞ じいさん
いやいや ここにすわるのがオラのポリシーなので
きっぱり
えらい!! じゃ そこにしよ
まごにあまいんだよ〜〜

お義父さん 席あっちにしましょうよ ウチの子たちがめいわくかけるかも…
いいぞ いいぞ ママさん
私たちに対する気づかいならいりませんよ 小さい子大好きですから
よけいなこと言うなよ
じゃ お言葉にあまえて すみませんねえ
断われよ おばさん
な 店変えようよ
いいわよ
ワイワイ ワイ
ペチャクチャ
ガヤガヤ
お待たせしました チキン10ピースとジャンボグラタンでございます
さっきたのんでおいたの
これ食べたらね
くそーーっ こうなったらこの状況の中で言うしかあるまい
実は 話ってゆうのはね…
はぐ はぐ はふはふ
ばく ばく はぐはぐ
ちゃんと聞けよ この大食い女ーっ!!
ハッ
ぴた…
じわ…
大食い女って言った 赤羽の親戚のおじさんにも言われたことないのに 大食い女って…
わ 悪かった ゴメン たのむから泣かないで
じゃ 私のこと藤原紀香に似てると思ってる?
似てる似てる そっくりだよ
うっ…
ひど〜〜い!! 私 藤原紀香よりかわいいもん

ゴメン 君は藤原紀香以上だよ
しくしく…
ちら
しんのすけ 近頃ようち園の方はどうだ?
いやぁ この不景気でどーも
やはり この不況を打開するには抜本的な見直しを…
で 話なんだけど 実は…
オレと
ケッコンしてくれ
…って言うつもりでしょ
えっ?!
えっ?!
コラッ 今からプロポーズしようとしてるのに ジャマしないの!!
いや ちが…
そうだったの? ゴメンぜんぜん気づかなくて 喜んでお受けしますわ♡
いや・その あの…
あたふた
ほーーっ こりゃめでたい!!
おめでとーっ
ヒューーッ ヒューーッ
よっ ご両人
パチ パチ パチ
ありがとー 皆さん 私たち しあわせになります!!
うふふ
ぎゅう
ありがとー
うう〜
うれし泣きしてる
よっぽどうれしいんだな
今どき純情な青年じゃ
うん うん

スーパーじいちゃん銀ノ介もオラとひまにはかなわないゾ編

その6

ハッ
じ
ひまが狙ってる!! やつの手の届かない場所に隠さなきゃ
タンスの上ならだいじょぶね
さっ
ふう 気のせいかひまが見てる気がしたから
カタッ
くかー
すや
くわっ
いっぱい昼寝したので眠くない
いやん やめてよ 金城くん
うにょーー
ほんとに眠っているか確認
びろ〜ん
よ よせよ ユミちゃん
ととと

ととと
ゴロ ゴロ ゴロ
びくっ
すや
はあ はあ はあ
う～～ん
ととと
に
どんっ
うんとも すんとも
き
ゴロゴロゴロ
びくっ
ゴロ ゴロ
どんっ
さっ
ぐら…

コンッ
キャ
よしよし よくやった
なでなで
朝
あっ 寝すごした
もう行かなきゃ
ハッ いってらっしゃい
ふわーあ 私も起きなきゃ
ボリボリ
ふぁーあ
ぷっ やだ どしたの? ふたりとも
えっ?!
あっ!! 口紅で‥‥!!
あ——っ?!
あ——っ!! パパ‥‥
ふ—— 間に合った
ガタンタタン
カタンタタン
ひそひそ

Action Comics

クレヨンしんちゃん㉓

1999年5月8日発行●第1刷発行……………………………………………………(検印廃止)

著者©…………………………………………………………………………………臼井儀人

発行者…………………………………………………………………………………島津眞之

発行所……………………………………………………………………………株式会社双葉社

〒162-8540 東京都新宿区東五軒町3-28

電話●03・5261・4818(営業) 03・5261・4851(編集)

振替●00180-6-117299

装 幀……………………………………………………………………関 善之✖星野ゆきお

(VOLARE INC.)

印刷所…………………………………………………………………………凸版印刷株式会社

落丁・乱丁の場合は本社にてお取りかえいたします。

定価はカバーに表示してあります。

ISBN4-575-93611-1 C9979 ©FUTABASHA Printed in Japan